世界儿童经典故事绘本

爱丽丝和女巫

［美］席尔瓦·莱利　［美］詹妮弗·S.布罗斯　著

［爱］大卫·莱利　绘

李秋宜　译

四川科学技术出版社

很久很久以前，一所精致的农舍里，住着两个小女孩和她们的爸爸。爱丽丝干净整洁，总是把头发梳得整整齐齐，皮鞋擦得闪闪发亮，笑容天真无邪。

罗莎莉却正相反，她喜欢在野外玩耍，总是搞得头发凌乱、衣服脏兮兮的回家。

农舍的后院，是两姐妹分别照看的花园，中间由一道篱笆隔开。

　　爱丽丝认为她的花园是全世界最美丽的花园，花园里开着五颜六色的花朵，有粉色的，有紫色的，还有白色的……花园的一角还有一条长椅，爱丽丝可以坐在长椅上读书。

罗莎莉从不在自己的花园里种花，她在花园里种了甜甜的水果和胖胖的蔬菜，这样就可以为亲爱的爸爸准备午餐了。

罗莎莉种的蔬菜和水果都很美味，爸爸特别喜欢，这可让爱丽丝嫉妒坏了。

"我的花园比她的好看多了，为什么爸爸看不到呢？"爱丽丝轻声抱怨。

"说不定，我可以帮助你。"一个陌生的声音说。

一个女人把一个小口袋交给爱丽丝。"这个口袋里装着魔法种子，只要你把种子撒到罗莎莉的花园里，就能长出野草，杀死她种的植物。"女人低声说，"这样，你的爸爸就能注意到你那美丽的花园了。"

爱丽丝犹豫了一下，然后她接过了女巫的魔法种子，一个邪恶的笑容浮现在她的脸上。

爱丽丝蹑手蹑脚地走进罗莎莉的花园，边笑边撒魔法种子，眼睁睁地看着野草杀死了那些植物。

可是魔法种子生长的速度远超爱丽丝的想象，很快，她就意识到自己犯了一个巨大的错误。"哦，不！"爱丽丝大喊。

爱丽丝慌乱地想要阻止野草生长。她用
手盖住野草，可是野草又从她的指缝中钻
了出来。

她又用双脚踩在上面，可是野草缠住她的脚腕，将她绊倒了。"我到底干了些什么？"爱丽丝哭了起来。

野草长成了又粗又高的藤蔓，直冲云霄。

突然，爱丽丝看到巨人们从云彩中爬到藤蔓上。

巨人们大笑着唱起歌来：

我们要把这个村庄抢劫一空，

我们要让这个村庄毁于一旦，

我们终于要大功告成了！

爱丽丝冲到女巫面前，哭哭啼啼地说："为什么会这样？"

"哈哈哈哈——"女巫奸笑着说，"干得好，我的小女孩！很快，我的朋友们就会来感谢你了。"

爱丽丝对着藤蔓拳打脚踢，又拉又拽，还拿木棒击打它们，可是并没有起到任何作用。她需要帮助，但是又怕事情败露。

眼看着巨人们就要到了，因为他们的歌声越来越清晰——

我们要把这个村庄抢劫一空，
我们要让这个村庄毁于一旦，
我们终于要大功告成了！

爱丽丝扔掉了木棒，冲到爸爸面前大喊："救命！救命！"

爸爸看到蹿上天的藤蔓和慌张的爱丽丝，抓起了他的斧头赶去。

爸爸的斧头锋利无比，一斧头下去，就将粗壮的藤蔓砍断。

砍——

砍——

砍——

吓得巨人们在藤蔓倒下之前，赶紧爬回云彩中去。

为了保证藤蔓不会再长出来，爸爸带着爱丽丝和罗莎莉一起，把藤蔓连根挖出，全部堆在花园中间。爸爸点燃火把扔到藤蔓堆上，那些野草在熊熊大火中化为灰烬。

"真讨厌！"女巫咬牙切齿，逃进了森林。

这时，爱丽丝才发现花园已经被灰烬覆盖。她承认了错误："罗莎莉，这都是因为我嫉妒你的花园。对不起，我错了。"

"没关系，爱丽丝，我原谅你。"罗莎莉大方地说。

突然，灰烬里长出了美丽的鲜花，瞬间整个花园变得色彩缤纷。

"太棒啦！"两姐妹高兴地欢呼着，在花园里跳起舞来。

爱丽丝说："我们把篱笆拆了吧，然后……"

"然后，我们一起照顾花园！"罗莎莉帮她把话说完。

后来，通过合力照看花园，姐妹俩不仅获得了大丰收，关系也变得密不可分了。

关于种子的趣闻

★ 种瓜得瓜，种豆得豆。

★ 种子需要水、氧气、温度，才能发芽。

★ 种子一般由种皮、胚、胚乳三部分组成。

★ 大多数植物完全成熟后会结出种子，种下它后又会长出新
的植物。

罗莎莉和爱丽丝都照看着美丽的花园，

可是嫉妒让爱丽丝变得狭隘自私，

她在姐妹罗莎莉的花园里种下了邪恶的种子，

巨人们从云彩里现身，沿着藤蔓往下爬。

所以，永远不要让嫉妒蒙蔽了双眼。

图书在版编目（CIP）数据

爱丽丝和女巫 /（美）席尔瓦·莱利,（美）詹妮弗
·S.布罗斯著；（爱）大卫·莱利绘；李秋宜译. -- 成
都：四川科学技术出版社,2023.5
（世界儿童经典故事绘本）
书名原文：Alice and the Sorceress
ISBN 978-7-5727-0891-6

Ⅰ.①爱… Ⅱ.①席…②詹…③大…④李… Ⅲ.
①儿童故事—图画故事—美国—现代 Ⅳ.①I712.85

中国国家版本馆CIP数据核字（2023）第036978号

著作权合同登记图进字 21-2022-376号

Copyright: © Scandinavia Publishing House
中文独家版权：北京圣品国际文化有限公司

世界儿童经典故事绘本
SHIJIE ERTONG JINGDIAN GUSHI HUIBEN

爱丽丝和女巫
AILISI HE NÜWU

著　　者　［美］席尔瓦·莱利　　［美］詹妮弗·S.布罗斯
绘　　者　［爱］大卫·莱利
译　　者　李秋宜

出 品 人　程佳月
责任编辑　张　姗
助理编辑　李　礼
责任出版　欧晓春
出版发行　四川科学技术出版社
　　　　　成都市锦江区三色路238号　邮政编码 610023
　　　　　官方微博　http://weibo.com/sckjcbs
　　　　　官方微信公众号　sckjcbs
　　　　　传真　028-86361756
成品尺寸　285 mm×210 mm
印　　张　2
字　　数　40千
印　　刷　河北炳烁印刷有限公司
版　　次　2023年5月第1版
印　　次　2023年5月第1次印刷
定　　价　49.80元

ISBN 978-7-5727-0891-6

邮　　购：成都市锦江区三色路238号新华之星A座25层　邮政编码：610023
电　　话：028-86361770